¡UN DÍA UNA SEÑORA SE TRAGÓ UNOS LIBROS!

Lucille Colandro
Ilustrado por Jared Lee

SCHOLASTIC INC.

A Karen, Betsy y Cecelia,
las mejores compañeras de escuela
que una chica haya tenido.
—L.C.

A Jeannie Phillips
—J.L.

Originally published in English as *There Was an Old Lady Who Swallowed Some Books!*

Translated by J.P. Lombana

ISBN 978-0-545-64534-8

12 11 10 9 8 7 6 5 4   22 23 24/0

Printed in the U.S.A.   40

First Spanish printing, January 2014

Un día una señora unos libros se tragó.
Pero no sé por qué esos libros se tragó,
el caso es que nadie la desanimó.

Un día una señora se tragó una pluma.
Había mucha bruma cuando se tragó la pluma.

Se tragó la pluma para escribir en los libros.
Pero no sé por qué esos libros se tragó,
el caso es que nadie la desanimó.

Un día una señora se tragó un estuche.
Hasta el mismísimo buche llegó el estuche.

Se tragó el estuche para guardar la pluma.
Se tragó la pluma para escribir en los libros.

Pero no sé por qué esos libros se tragó,
el caso es que nadie la desanimó.

Un día una señora se tragó una regla.

Nadie se arregla al tragarse una regla.

Se tragó la regla para medir el estuche.
Se tragó el estuche para guardar la pluma.
Se tragó la pluma para escribir en los libros.

Pero no sé por qué esos libros se tragó,
el caso es que nadie la desanimó.

Un día una señora se tragó una carpeta.

Quedó repleta cuando se tragó la carpeta.

Se tragó la carpeta para proteger la regla.
Se tragó la regla para medir el estuche.
Se tragó el estuche para guardar la pluma.

Se tragó la pluma para escribir en los libros.
Pero no sé por qué esos libros se tragó,
el caso es que nadie la desanimó.

Un día una señora se tragó unas tizas.
Soplaba una brisa cuando se tragó las tizas.

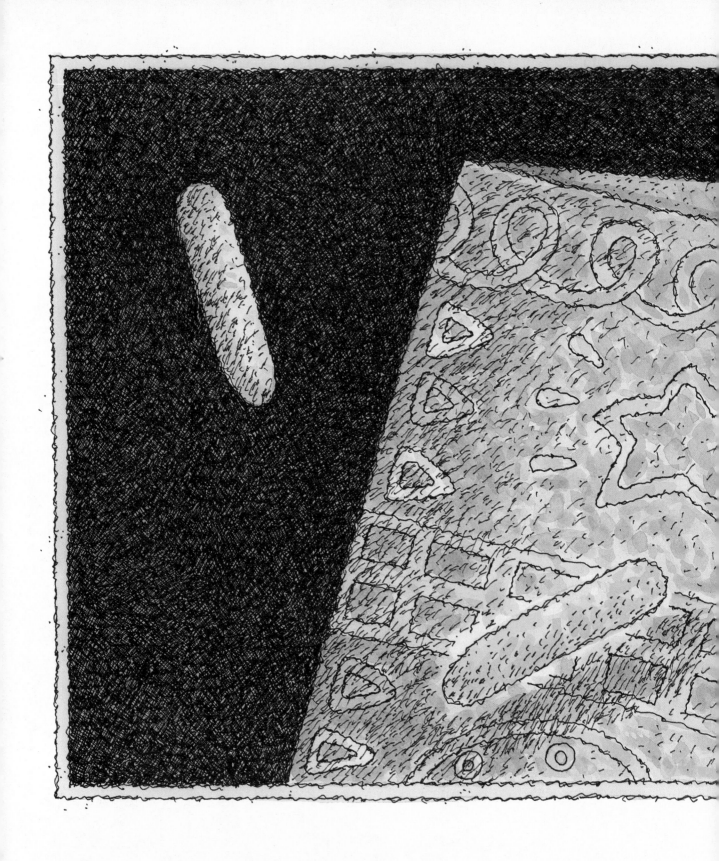

Se tragó las tizas para decorar la carpeta.

Se tragó la carpeta para proteger la regla.

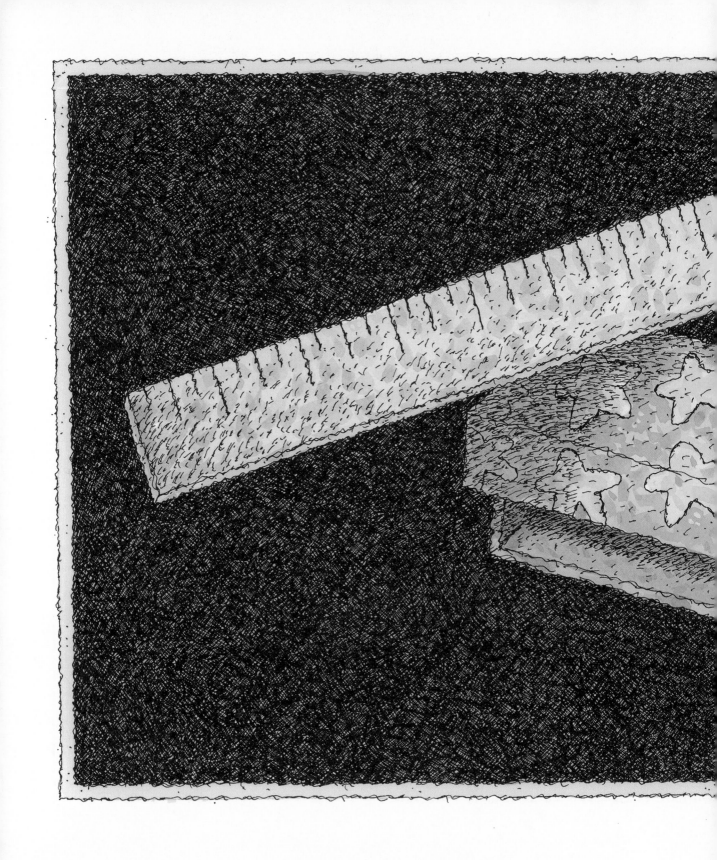

Se tragó la regla para medir el estuche.

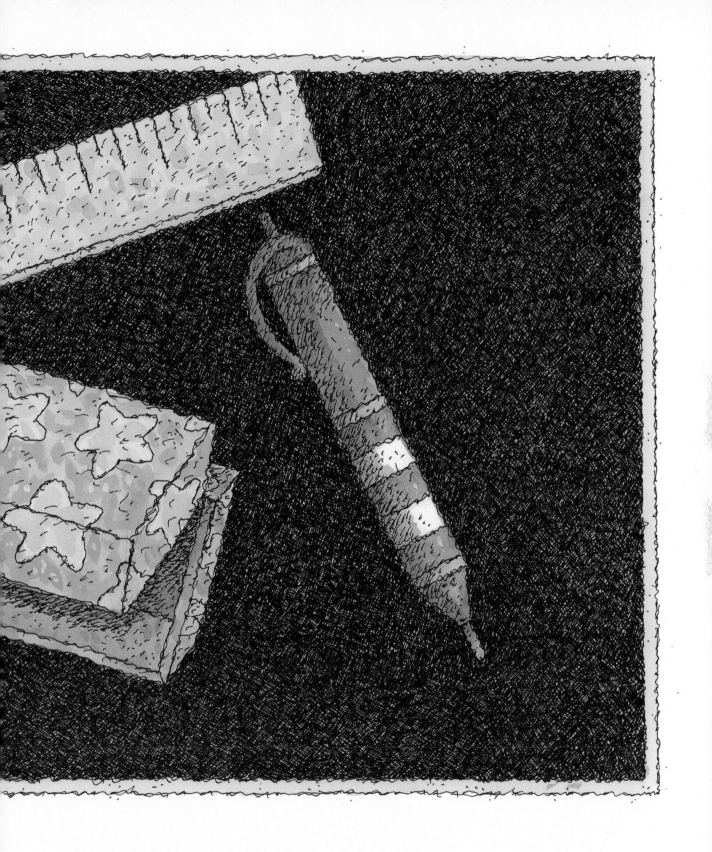

Se tragó el estuche para guardar la pluma.

Se tragó la pluma para escribir en los libros.

Pero no sé por qué esos libros se tragó,
el caso es que nadie la desanimó.

Un día una señora se tragó un talego.

Como si fuera un juego, se tragó ese talego.

Luego sonrió al ver que a su lado
un gran autobús se había estacionado.

Se puso a saltar, a gritar y cantar
y de su boca salió una mochila escolar.

¡Que disfruten el nuevo curso!